Fidanzata Dominante
Collezione di dominazione erotica
Erika Sanders

Fidanzata Dominante


Erika Sanders
Serie
Collezione di dominazione erotica

# Sinossi

Dopo anni di assenza, Andrew si riunisce con la sua vecchia ragazza che vuole riconciliarsi.

Ma lei non è più la stessa ... ed è dispettosa e ferita con lui.

Andrew accetterà la nuova e più fiduciosa Veronica? Cosa farà per vendicarsi del suo tradimento?

**Fidanzata Dominante** è un romanzo con un forte contenuto di BDSM erotico e, a sua volta, un nuovo romanzo appartenente alla collezione di Dominazione Erotica, una serie di romanzi con un alto contenuto di BDSM romantico ed erotico.

(Tutti i personaggi hanno 18 anni o più)

# Nota sull'autrice

Erika Sanders è una scriba conocida a livello internazionale, tradotta in più vene di idiomi, che hanno consolidato i suoi scritti più erotici, alejados della sua prosa abituale, con il suo numero di soltera.

# Indice

# FIDANZATA DOMINANTE
## ERIKA SANDERS

# CAPITOLO 1

Non poteva credere che fosse entrato nel suo bar ...

IL TUO BAR !!

Cento bar in questa città, e lui doveva andare da lei.

Idiota!

Sì, le aveva spezzato il cuore ...

L'aveva lasciata per quell'elegante bionda magra.

Ma non era seduta a piangere.

Merda, merda!

Veronica lasciò il bar per mettersi di fronte a lui.

Le sue mani si mossero per riposare sui fianchi ...

Non era una ragazza magra.

No, aveva gambe forti, fianchi, spalle larghe.

I suoi occhi verdi lo guardarono.

Una ciocca di capelli rossi era caduta dalla sua coda di cavallo.

Scosse il viso irritata.

Teneva la testa china, i gomiti sul bancone, mentre guardava un bicchiere di soda.

"Andrea!" Lei grugnì.

La sua testa si alzò lentamente.

Una barba di due giorni gli copriva il viso.

C'erano linee scoscese su quella faccia, che prima non c'erano.

I capelli castani erano spettinati.


I suoi occhi incontrarono i suoi, poi vagarono colpevolmente.

La rabbia divampò calda e violenta nel suo petto.

All'improvviso, la sua mano cadde dal fianco e lo colpì forte sulla guancia.

Lo colpì così forte che lui voltò la testa.

Il bar tacque quando tutti si voltarono a guardare.

Robert si precipitò.

"Cosa stai facendo, Veronica?" Sibilò, furioso.

Tecnicamente era il suo bar, ci lavorava.

Ma anche così, Andrew non aveva il diritto di entrare qui ... non dopo quello che aveva fatto.

Veronica rivolse i suoi occhi ardenti su Robert, pronta ad attaccarlo.

"Va tutto bene, Robert." Disse Andrew, alzando una mano.

Con l'altra si sfregò la mascella.

Una macchia rosso vivo apparve sulla sua guancia.

"Ha il diritto di arrabbiarsi. Ero un idiota."

"Credi che?!!" Lei sbuffò. "Perché sei qui, Andrew?"

"Sono venuto a dire che mi dispiace, Veronica." Le lanciò uno sguardo triste, incontrando finalmente i suoi occhi. "Ho bisogno di fare ammenda."

"Oh, ora lo senti ... Ora lo senti? !!" Le sue narici si dilatarono e barcollò, pronta a colpire di nuovo.

"Vai a rilassarti, Veronica." Disse Robert, indicando il corridoio sul retro. "Forse dovresti andare, Andrew."

Veronica rimase ferma, guardandoli entrambi.

Andrew prese la sua giacca di pelle dallo schienale dello sgabello.

"Sono stata stupida, Veronica, davvero stupida!" Ha detto, indietreggiando. "Ho bisogno di parlarti. Adesso sono sobrio."

Si voltò, dirigendosi verso la porta, i suoi stivali da equitazione che colpivano il suolo.

Vero non si rilassò finché non sentì il ronzio del motore di una motocicletta che si accendeva nel parcheggio.

# CAPITOLO 2

**17**

La ghiaia scricchiolava sotto i suoi stivali mentre Veronica si dirigeva verso la sua macchina.

Era il suo bambino, la vecchia Chevy del '79, argentata e cromata.

La Honda di Robert era parcheggiata nelle vicinanze.


I suoi erano gli unici veicoli rimasti nel parcheggio del bar.

Ero esausto dopo il lavoro ... e tutto quel dramma con Andrew.


Un movimento a sinistra attirò la sua attenzione.

Una forma ombrosa ... fuori dal ring proiettata dalla luce del parcheggio.

Si stava avvicinando a lei.

"STOP!" Lei ha urlato.

La figura continuava a muoversi verso di lei ...

Una forma ingombrante, che si muove con uno scopo.

Chinandosi, infilò la mano nel vano portaoggetti del camion ed estrasse la pistola che teneva nascosta lì per questo tipo di situazioni.

Quindi in un secondo aveva i suoi Smith and Wesson 9 millimetri e il suo braccio esteso ...

La mano era appoggiata al cofano del camion.

Il suono del caricamento dell'arma echeggiò nel parcheggio vuoto.

"Oh merda!" Sibilò Andrew, mezzo congelato. "Oh Dio! Non spararmi, Vero!"

Al suono della sua voce, abbassò l'arma, l'adrenalina le scorreva nelle vene.

Lo studiò mentre svuotava il proiettile dalla camera.

Non c'era traccia della sua motocicletta qui ... doveva essere un po 'più in fondo alla strada.

Infilò la pistola nella cintura dei jeans.

Non ha detto un'altra parola, finché non l'ha salvata.

Si mosse verso di lei, verso la luce.

"Sei tornato." Era un'affermazione scontenta con le labbra serrate. "Non dovresti andare a pedinare le persone nell'oscurità, Andrew."

"No merda!" Fece una smorfia, guardandola con diffidenza. "Ma Veronica, devo proprio parlarti ..." Lanciò un'occhiata nervosa alla porta del bar.

Robert sarebbe uscito da un momento all'altro.

Andrew sapeva che l'uomo non sarebbe stato troppo felice di rivederlo qui.

"Non ho niente con cui parlarti." Lei ringhiò "A meno che tu non voglia che ti picchi di nuovo."

"Puoi farlo se vuoi ..." Lo disse così piano che lei lo sentì a malapena.

"Di?"

"Ho detto ... Puoi colpirmi di nuovo, se vuoi anche tu." Questa volta un po 'più forte.

Vero lo fissò per un lungo momento, poi fece il giro del camion fino a dove si trovava.

Gli portò la mano al viso con un sonoro WHAM!

Rimase immobile, assorbendo il colpo, con gli occhi chiusi.

All'improvviso, alzò la mano sopra la sua giacca aperta, afferrandogli il collo pieno di muscoli.

La sua mano era esattamente dove si incontravano il collo e la spalla.

"Inginocchiarsi e dire che ti dispiace." Sibilò le parole.

La sua mano lo stava tirando.

Andrew esitò per una frazione di secondo, poi le sue ginocchia toccarono terra.

La ghiaia premeva attraverso i jeans contro la sua pelle.

La guardò nella luce.

"È questo quello che vuoi? Io in ginocchio?" Chiedo.

Annuì in silenzio, la furia le oscurò gli occhi.

Facendo un passo avanti, gli diede un calcio sulle ginocchia con la punta dello stivale per allontanarle ulteriormente.

Si chinò per passarle una mano tra i capelli, poi lei ne prese una manciata e tirò indietro la testa.

"Dillo allora ... dimmi che ti dispiace adesso." Ha parlato in un tono basso e rauco.

"Mi dispiace tanto, Veronica" fu la sua risposta mormorata, trattenendo un singhiozzo senza fiato.

Per un secondo, sembrava che potesse baciarlo.

Ma ci pensò meglio e si allontanò, rilasciandolo invece.

Gemette per la sua assenza, perdendo quel bacio.

Ma fu anche quasi sorpreso dalle parole gettate sopra la sua spalla "Seguimi a casa."

# CAPITOLO 3

La sua casa era ancora la roulotte, parcheggiata ai margini del deserto su un terreno di cinque acri.

La luce della luna era così intensa che proiettava ombre sul paesaggio.

Parcheggiò il furgone e guardò la sua Harley attraversare il vialetto fino al parcheggio.

Una tenda da sole si estendeva sulla parte anteriore del vecchio camper ristrutturato, proiettando un'ombra scura.

Muovendosi verso la porta, lo lasciò per seguirlo sulla sua strada.

Andrew si fermò a guardarsi intorno.

Quella era casa sua.

Lo aveva tenuto bene.

Tre anni fa ...

I ricordi lo colpirono come un pugno.

Quasi cadde in ginocchio ...

Tutto quello che sembrava sapere come fare era combattere, una sorta di lotta per il potere, costantemente.

Era solito festeggiare molto con le persone del club motociclistico.

Lavorava al bar.

C'era una stupida bionda dietro di lui ogni volta che poteva.

Veronica era arrabbiata.

Le stava dicendo di rilassarsi, di fidarsi di lui.

Voleva che dicessi alla ragazza di perdersi ...

Ha detto che era suo dovere farlo ... in modo che la cagna sapesse che non era disponibile sul mercato.

Non le aveva mai detto che non stava succedendo niente con quella ragazza.

Ha solo insistito che lei si fidava di lui, le ha detto di non preoccuparsi.

Ma una notte le cose sono peggiorate.

Un altro grande litigio, Veronica che piange nella piccola cucina.

Era di nuovo ubriaco.

Ha tirato fuori i fogli della roulotte da una cartella e lui glieli ha consegnati ... li ha gettati sul tavolo.

Poi ha preparato gli zaini ed è partito per la notte.

Stupido!

L'ha lasciata qui, da sola ...

Così lontano dai suoi amici e dalla sua famiglia.

Percorrendo strade secondarie, gli ci vollero due settimane per arrivare nello stato di Washington.

Quindi, era ancora arrabbiato con lei.

Ha trovato lavoro come taglialegna.

Gli ci vollero circa tre mesi per rendersi conto dell'errore che aveva commesso ...

Sì, era piuttosto stupido.

Una volta capito ... quello che aveva effettivamente fatto, era troppo imbarazzato per tornare a casa, o addirittura chiamare.

Gli ci vollero tre anni per decidere di provare almeno a tornare a casa.

'Non sto facendo niente qui' pensò, guardando le luci accendersi nel trailer ...

Ma c'era qualcosa lì, quando si era inginocchiato per lei quella sera ... giusto?

Aveva frainteso quello sguardo di desiderio nei suoi occhi?

Andò alla porta e bussò.

# CAPITOLO 4

Dall'interno risuonò un soffocato "Vieni dentro".

Con il cuore in gola, Andrew aprì la porta di metallo e salì le scale.

Vero era seduto quasi nello stesso posto in cui era stata lei la notte in cui se n'era andato ...

Solo che adesso non stava piangendo.

Ora, aveva le braccia incrociate, guardandolo con uno sguardo di pietra.

Sì, negli ultimi anni era diventata più dura ... Non c'erano dubbi!

Un paio di manette furono poste sul tavolo.

Li guardò con curiosità.

Era sempre stata dominante ... persino aggressiva, ma mai malvagia.

Il suo cazzo ha cominciato a pulsare forte nei suoi jeans sbiaditi.

Erano troppo stretti per nascondere qualcosa.

Guardò il suo inguine con un sopracciglio alzato.

"Te ne sei andato molto tempo fa, Andrew."

Non c'era traccia del dolce sorriso che illuminava quel viso lentigginoso e baciato dal sole.

"Era un idiota," disse, chiedendosi quante altre volte avrebbe dovuto dirlo.

"Lo era? È cambiato qualcosa?" Uno sguardo molto duro.

"Sì ... sono cresciuto. Ho capito quanto ti amo, quanto ho bisogno di te."

Forse quella era stata una cattiva idea, tornare indietro.

Forse non l'avrebbe mai più accettato ...

Non lo perdonerei mai.

"La puttana bionda ti ha lasciato? È per questo che ti stai avvicinando a me?"

"Non sono mai stato con quella ragazza, Veronica. Mi ha solo riattaccato. Io ... avrei dovuto dirtelo. Avrei dovuto dirle di perdersi ..." Si sentiva esausto e triste.

"Di?" Lei aggrottò la fronte. "Che diamine, Andrew ... Tutti quei litigi che abbiamo fatto, non eri nemmeno con lei? Perché?"

"Volevo stare con te ..." Abbassò lo sguardo e lo mise a terra nello stivale.

"NO!!" Lei ruggì. "Voglio dire ... perché non mi hai detto che non eri con lei? !!"

Si era alzata dalla panchina e aveva messo il pugno sul davanti della sua camicia.

Non doveva guardare lontano per stabilire un contatto visivo.

Era solo pochi centimetri più alto di lei.

Lo spinse indietro e lui perse l'equilibrio, aggrappandosi al bancone.

Ansimante, riacquistò l'equilibrio, ma era aperto a tutto ciò che lei voleva, senza fare una sola mossa per sfuggirle di mano.

Tre anni prima si era ritirato da lei e se n'era andato.

Ma adesso lo stava toccando ... per lui era abbastanza.

Il suo respiro si bloccò mentre guardava in basso.

Era di nuovo lì, con quella lussuria negli occhi.

Il suo petto si alzava e si abbassava rapidamente.

Lei si voltò a guardarlo ...

Uno sguardo impegnativo.

Mantenne il suo sguardo per alcuni secondi, poi distolse lo sguardo ...

Non l'ho mai fatto.

Una sensazione di ronzio lo riempì e si sentì stordito.

Guardandosi indietro con i pugni sul tavolo, rabbrividì.

"E 'stato stupido ... pura stupidità ..." disse, riportando gli occhi nei suoi ... cercando di farle vedere nel suo cuore.

Il suo viso si addolcì leggermente, e lasciò andare la sua camicia ... tornò al tavolo e si sedette con un sospiro.

"Dove sei stato tutto questo tempo?" Non lo stava guardando ... stava guardando fuori dai finestrini scuri della roulotte.

"Washington ... Boscaiolo." Sapeva quanto le sarebbe sembrato folle.

"Perché?" Si accigliò di nuovo, sembrando più confusa che arrabbiata.

"Perché ero sbalordito ..."

"Lo so ... ti ho sentito le prime sei volte! Eri uno stupido e uno stronzo ... l'ho capito!" Era di nuovo arrabbiata. I suoi occhi verdi lampeggiano ... "Ma per tre anni, Andrew?"

"Non sapevo come dire che mi dispiace, fino ad ora." Mormorò, allargando le mani.

Dovette chinarsi in avanti per sentirlo, poi si appoggiò allo schienale e annuì distrattamente.

Trascorsero due minuti interi di silenzio.

Andrew rimase immobile, aspettando che finisse di pensare.

All'improvviso, la sua voce ruppe il silenzio.

"Potresti inginocchiarti di nuovo per me, Andrew?" Si voltò verso di lui, il desiderio oscuro di nuovo nei suoi occhi.

Deglutendo, si inginocchiò di nuovo, tenendo gli occhi bassi.

La durezza della sua erezione era dolorosa ed era accaldato dall'imbarazzo.

La sentì alzarsi e vide i suoi stivali entrare nel suo campo visivo.

Ancora una volta, gli diede un calcio sulle ginocchia e lui sentì un gemito.

Gli ci volle un secondo per capire che il suono veniva dalla sua stessa gola.

"Togliti la camicia." Disse, le parole secche erano come coltelli abbassati.

Sbottonando rapidamente abbastanza bottoni da far scivolare la camicia sopra la sua testa, Andrew prima gliela sfilò dalla cintura dei pantaloni con la cintura.

E poi se lo tolse, arruffandosi ancora di più i capelli.

Prima che potesse capire cosa fare con la maglietta, lei gliela prese dalle mani e la lanciò su uno dei sedili del rimorchio.

Gli girò intorno, passandogli una mano sulle spalle e sulla schiena.

"Dannazione, Andrew ... sei davvero molto forte ..."

Aveva muscoli molto forti, ottenuti da un duro lavoro manuale come taglialegna.

Gli tornò davanti e gli passò una mano tra i ricci capelli castano chiaro sul petto.

Successivamente, la sua mano circondò uno dei suoi piccoli capezzoli, e poi lo strinse forte tra i polpastrelli.

Grugnì, facendo una smorfia, non abituato al dolore acuto e lancinante.

Non era mai stata così prima ...

Avevano sempre scopato come persone normali, ed era stato bello.

Avevano fatto anche orali, li hanno fatti sentire bene entrambi ...

Ma questo ... questo le fece battere il cuore e il cervello fuori controllo.

Lei pizzicò l'altro capezzolo e lui fece di nuovo quel gemito.

Aveva sbattuto la testa da qualche parte?

Questo era un sogno?

Il dolore che è esploso quando lei ha scosso entrambi i capezzoli e lo ha riportato alla realtà.

Lasciando un grido rauco, aspirò aria nel petto e iniziò a raggiungere il bancone ... per alzarsi.

Che stava facendo?

Una mano premette sulla sua spalla e lei afferrò una manciata di capelli, tirando di nuovo indietro la testa.

"Se ti alzi, senza che te lo ordini, ti dirigerai verso quella porta ... Hai capito?"

Parlava lentamente mentre si chinava verso il suo orecchio.

Annuì e cadde di nuovo in ginocchio.

Santo cielo, cosa stava succedendo?

All'improvviso, si allontanò da lui, tornando al tavolo.

Ummm, quel bel culo ...

Ma fu distratta da un tintinnio di metallo, mentre prendeva le manette dal tavolo.

Oh merda!

Il suo cazzo pulsava come un matto, e per un secondo pensò di essere in iperventilazione.

"Alzati e voltati." Lei disse.

Adesso c'era una specie di tranquilla sicurezza nella sua voce.

Quello era qualcosa di nuovo

Si alzò e si voltò, aspettando.

"Metti le mani dietro il collo, Andrew"

Lo disse come se lei fosse sicura che l'avrebbe fatto ... e lo fece, intrecciando anche le dita.

Ma quando il metallo si è chiuso attorno al suo polso sinistro, si è spaventato un po'.

# CAPITOLO 5

"Hai le chiavi per questo, Veronica?"

Ha cercato di guardarla da sopra la spalla.

Lo ignorò, mentre le teneva l'altra manetta intorno al polso destro.

Poi, in piedi di nuovo di fronte a lui, tirò una collana che le pendeva dal collo.

Non l'avevo notato prima.

La catena era appesa all'interno della scollatura della sua maglietta "Robert's Bar".

Lo tirò fuori e mostrò alcune piccole chiavi delle manette che penzolavano all'estremità della catena.

Annuì, sospirando di sollievo, e fu sorpreso dal sorriso che apparve sulle sue labbra.

"Quanti ragazzi hai rinchiuso in questo modo, Vero?" Ha chiesto deglutendo.

"Sei il mio primo" disse pensierosa.

"Allora perché portavi le chiavi?" Si sentiva a disagio nel fare queste domande, mentre era in manette,

"Stavo aspettando che arrivasse il ragazzo giusto." Le parole suonavano più come un pensiero che come una risposta ...

Dio, era tutto così confuso ... ma così eccitante!

Era venuto qui per scusarsi con lei ... ma chi era questa donna adesso?

Il caldo formicolio nelle sue palle gli disse che chiunque fosse aveva la sua totale attenzione.

"Andiamo in camera da letto." Disse, mentre la sua mano scivolava sotto la cintura sul retro dei suoi jeans, per guidarlo.

Lo spinse lungo lo stretto corridoio.

Per attraversare lo spazio ristretto, ha dovuto piegare i gomiti intorno alla testa.

È stato spinto attraverso la porta della camera da letto.

Il letto era stato rifatto con cura, la stanza in ordine, tranne due oggetti che hanno attirato la sua attenzione.

Sul copriletto c'erano una rivista e un vibratore rosa.

La rivista lo fece fermare bruscamente, e lei quasi inciampò sulla sua schiena.

Sulla copertina c'era un uomo in ginocchio, con una palla nera e rotonda legata alla bocca.

Una corda ha attraversato il corpo dell'uomo, legandogli saldamente le braccia contro il busto.

Una specie di metallo teneva ogni capezzolo.

"Schiavo per il tuo piacere" è apparso nella parte superiore della pagina.

Si bloccò, finché lei non si fece strada intorno a lui, spazzando via caricatore e vibratore dal letto.

"Oh, per l'amor di Dio ... È solo porno!"

Sembrava infastidita, mentre lo buttavo nel cassetto di un comodino.

La sua gola stava lavorando per trovare le parole giuste, ma era troppo sbalordito ...

Stordito che la sua dolce Veronica potesse avere qualcosa del genere.

Il calore la riempì e l'immagine dell'uomo legato fu impressa nel suo cervello.

Un duro strattone contro il suo braccio lo riportò alla realtà.

"Resta davanti al letto, Andrew."

Una volta voltato le spalle al letto e le manette quasi toccavano il telaio, Veronica si mise al lavoro sulla sua cintura.

Quando lo sbottonò, le sue nocche sfiorarono la pelle calda del suo ventre.

Una linea di morbidi riccioli scuri tracciava il centro dei suoi addominali, scivolando nei suoi jeans.

Lo guardò con soddisfazione, mentre i muscoli si contraevano quando venivano toccati e il suo respiro si fermava.

Lentamente, le sbottonò i pantaloni e poi li fece scivolare giù.

Il profilo del suo grosso cazzo era sul lato della sua patta, in slip di cotone nero che la tenevano comodamente.

C'era una zona umida sulla punta di quel rigonfiamento.

Quando lo vide si sentì attraversare da un brusio di calore.

Sarebbe molto meglio che guardare riviste e siti web!

Rapidamente, gli tirò giù i pantaloni fino alle caviglie.

Poi ha iniziato a toglierle la biancheria intima dai fianchi ...

Attenta a non toccare il cazzo che sporgeva dai confini dei suoi vestiti, spinse giù la biancheria intima per sistemarsi con i jeans.

Alzandosi, sollevò le braccia ammanettate sopra la sua testa, portandole a riposare davanti al suo corpo.

"Semplicemente rilassati." Comandò, mentre lo spingeva rudemente sul letto.

"Andare avanti."

Con le braccia incrociate, lo guardò stendersi goffamente sul letto.

Era un compito difficile con mani e piedi ostacolati.

Una volta posizionato a suo piacimento, si spostò al suo fianco, appoggiando una mano su quella pancia tesa.

"Metti le mani sulla testa."

Il letto era su una struttura della piattaforma fatta a mano con una testiera incorporata.

La testiera conteneva ringhiere di metallo.

Veronica, con il suo amico carpentiere Cliff, l'aveva fatto un anno prima.

Lo adorava ... non vedeva l'ora di usarlo finalmente come aveva originariamente previsto.

Quante notti aveva sognato questo?

Si tolse gli stivali, salì sul letto e si mise a cavalcioni sul petto.

Si tolse la catena dalla camicia e si sporse in avanti, sul viso di lei, aprendo un polsino.

Quindi la manetta è passata lungo una delle guide di metallo e l'ha riattaccata al polso.

Andrew strofinò il viso contro i suoi seni mentre scivolavano su di lei.

Ringhiando, si appoggiò allo schienale e lo colpì duramente in faccia, per la terza volta quella notte.

"Ti avevo detto di farlo?" Gli chiese, fissandolo.

Scosse leggermente la testa, ma non sembrava dispiaciuto.

Prendendo un capezzolo, lo girò forte.

Il suo corpo sussultò sotto di lei e gemette.

Ha raggiunto l'altro, e lui ha cercato di allontanarsi ...

"Va bene!" Ansimante. "Scusa ... non lo farò più."

Si leccò nervosamente un labbro, ma quando lei scivolò indietro, i suoi jeans sfiorarono violentemente il suo cazzo duro.

Si guardò, poi di nuovo lui.

Il suo sguardo cambiò, come se fosse imbarazzato.

Guardando in basso, si diresse verso la porta della camera da letto.

"Vado a farmi una doccia. Ho l'odore dello stesso bar."

Si voltò a guardarlo di nuovo ... ammanettata al letto, nuda tranne che per i vestiti aggrovigliati intorno alle caviglie e gli stivali da motociclista.

Il suo cazzo era eretto e palpitante, gocciolante di precum.

Un brivido la percorse, e questa volta il suo ringhio era di lussuria primordiale.

"Non andare da nessuna parte".

E uscì con un sussurro rauco.

"Non mi lascerai così, vero Veronica?" Chiese con gli occhi imploranti.

Gli rivolse un sorriso sadico e lasciò la stanza.

# CAPITOLO 6

Sembrava un'eternità, ad aspettare lì, ammanettato al letto.

Andrew ha sentito il suono di lei sotto la doccia.

Per un momento, si chiese se poteva uscire dalle manette, se voleva.

No, non è stato possibile.

Questo gli ha dato alcuni momenti di panico, ma poi si è costretto a calmarsi ... e ammettere che non voleva davvero uscire.

Ci pensò per un po 'e il suo pene flaccido prese vita.

Gemette e desiderò che si sbrigasse ... sapendo che si stava godendo il suo dolce momento.

Infine, ha finito di fare la doccia ed è entrata nella stanza con una morbida veste bianca.

Andò in un cassetto e lo frugò.

I suoi capelli rossi erano pettinati e le pendevano umidi sulle spalle.

Prese alcune cose dal cassetto, lasciò di nuovo la stanza, senza nemmeno guardarlo.

La melodia che stava canticchiando attirò l'attenzione del suo orecchio.

Andrew la seguì con lo sguardo.

Dopo essersi vestito, è tornato nella stanza.

Indossava una maglietta bianca aderente e scollata che rivelava il suo seno ampio e la vita sottile.

Con un paio di pantaloncini scozzesi bianchi e neri, che rivelano una pancia piatta e fianchi pieni.

Si spostò al suo fianco.

Con le nocche di una mano, tracciò la linea della sua mascella irta di capelli.

Amava ancora come con quegli occhi vulnerabili.

Le nocche si avvicinarono per tracciare le sue labbra e lei gli inserì un dito nella bocca.

"Succhiali." Disse, portando un secondo dito alla bocca.

Ingoiando, succhiò dolcemente, avvolgendoli con la lingua.

"Hai bisogno di una parola." Ha detto, pompando le dita dentro e fuori dalla bocca. "Una parola per dirmi se quello che sto facendo è troppo ... se davvero hai bisogno che mi fermi."

Gli strappò le dita dalla bocca e lui si leccò le labbra.

"Non hai fatto niente che io non possa gestire." Borbottò sottovoce.

"Oh, davvero non abbiamo ancora iniziato, Andrew!" Ha detto con una breve risata. "Dimmi una parola".

"Addolcimento," disse, dopo un momento di esitazione.

Fu una delle poche cose che mi venne in mente in quel momento.

"'Ammorbidire' è, quindi ... Ricordalo, okay?"

Aspettò che lui annuisse, poi si alzò e andò a un tavolo vicino.

La luce aumentò mentre accendeva alcune candele.

Prendendo una bottiglia di olio per bambini, si allungò e gliela versò generosamente sul petto e sulla pancia.

Altro versato sul suo cazzo e sulle palle.

Trattenne il fiato quando lei iniziò a spargere l'olio su di lui con mani ferme.

Lo stese sui peli del petto.

Poi, fissandolo negli occhi, gli accarezzò l'olio sul cazzo e sulle palle, circondandolo nel suo nido di capelli.

"Di sicuro non ho bisogno di una parola per fermare tutto questo!" Ha detto con una piccola risata.

Alzando un sopracciglio, si asciugò le mani sull'asciugamano che stava portando e si alzò.

Prese una candela bianca accesa sul tavolo.

Era spesso circa due pollici.

Posandola a terra a pochi metri sopra il suo ventre, lo guardò.

Deglutì e sussultò.

La candela le passò lentamente dalla mano e la cera calda le si rovesciò sull'addome.

"Ahhhh ..." gemette, stirando gli addominali.

Rimase senza fiato per un minuto.

Lo guardò, aspettando che lui avesse di nuovo ottenuto la sua attenzione.

Ora la candela era sul suo capezzolo sinistro.

Il suo respiro veniva a piccoli scoppi, i suoi occhi fissi sulla candela.

Un gemito, mentre la cera le schizzava i capezzoli e le scivolava lungo il fianco.

Guardando in basso, Veronica fu stupita di vedere quanto fosse rimasto duro il suo cazzo.

Lentamente, abbassò la vela per librarsi sopra quel muscolo pulsante.

Ancora una volta, i suoi occhi lo seguirono, poi si spalancarono.

"Nooo ... Nooo ... No, Veronica, per favore !!" Si irrigidì contro i pugni, scuotendo la testa.

"Hai una parola, ricordi?" Ha chiesto, la sua faccia dura. "Hai intenzione di usarlo?"

Rimase immobile per un momento, guardandola.

Avrebbe dovuto dire quella parola, se voleva che finisse.

Scuotendo la testa, si lasciò cadere contro il letto.

I suoi occhi si chiusero, il suo viso arrossì.

Veronica sedeva lì tenendo la candela, lasciando che altra cera si accumulasse ... Aspettando che lui la guardasse di nuovo.

Dopo un secondo, ha aperto gli occhi.

"Pronto?"

La domanda le venne quando vide il suo sguardo fisso su di lei.

In realtà, era più un'affermazione che una domanda.

Spingendo le mani in alto, afferrò i binari della testata più vicini, stringendoli saldamente.

Poi annuì.

Tenendolo un po 'più in alto questa volta, inclinò la candela.

Lentamente, lo lasciò gocciolare per schizzare sul suo cazzo, gocciolando anche sulle sue palle.

Goccia dopo goccia è caduta.

Gemendo e tremando, la sua testa ricadde all'indietro quando le forti sensazioni lo colpirono.

Ha continuato a gocciolare altra cera.

Ora sui suoi capezzoli e sul suo petto ... e di nuovo sulla sua pancia.

Il suo busto era ricoperto di cera bianca ...

Quando i suoi occhi incontrarono i suoi, sembrava stordito e ubriaco.

La sua espressione adesso era dolce.

Ripose la candela nel candelabro e si chinò a pochi centimetri sopra il suo viso.

Con la mano che gli stringeva una manciata di capelli, alla fine gli diede quel bacio sulla bocca.

Aprendo le labbra per accoglierla, gemette, lasciando che la sua lingua lo saccheggiasse dentro.

Il bacio è stato invasivo ed esigente.

Ansimante, lasciò che lo portasse dove voleva.

Questo era un lato di lui che non aveva mai pensato esistesse.

Le ha fatto qualcosa, l'ha trafitta di fame.

Afferrò le chiavi delle manette e si mosse rapidamente per sbloccarle.

Sembrava confuso.

Lo baciò di nuovo.

"Togliti gli stivali e i pantaloni," insistette con voce roca.

Fu pronto a obbedire, mentre si dirigeva verso il bagno.

# CAPITOLO 7

Quando ha lasciato la stanza, ha lavorato rapidamente per districare il caos di stivali, jeans e boxer.

Ha sentito l'acqua scorrere nel bagno.

"Togliti la cera dal cazzo e dalle palle." Gli ordinò, tornando con un panno caldo e un asciugamano.

Fu sorpreso dalla facilità con cui la cera si staccò, con l'olio sotto.

La guardò dall'alto delle palpebre abbassate, il respiro morbido, seguendo rapidamente il suo comando.

Aveva le vertigini.

Si è trasferita nell'armadio mentre lui si puliva.

C'era una scatola di cartone appollaiata su uno degli scaffali, la sollevò, appoggiandola su una sedia vicina.

Poteva intravedere una varietà di cose strane all'interno ... e alcune cose erano ancora negli involucri.

La scatola lo lasciò perplesso ...

Aveva comprato quelle cose? Articoli in pelle?

"Inginocchiarsi sul letto." Ha ordinato, tirando fuori qualcosa dalla scatola.

Il suo respiro accelerò mentre saliva sul letto e si inginocchiava.

"Mani lungo i fianchi."

Abbassò le mani, tremando un po'.

Era così pazzo ...

Era appena venuto a dire che gli dispiaceva per quello che era successo.

Ma non c'era modo che potesse uscirne adesso, assolutamente no!

E lei lo aveva baciato ...

Gli bastava restare.

Guardò quello che aveva in mano ... era una collana di pelle nera larga circa due pollici, con un anello di metallo sul davanti.

Oh merda!

"Me lo metti?" Chiese nervosamente, deglutendo a fatica.

Il suo cazzo pulsava.

Un solenne cenno del capo fu la sua risposta.

Con due dita le sollevò il mento e poi lei gli fissò la collana intorno al collo.

Aveva una sensazione di bruciore che gli scendeva all'inguine.

Perché questo lo eccitava?

Facendo un passo indietro, lo ammirò con quegli occhi pieni di verde lussuria.

La pelle era opprimente contro la sua gola.

Cercò di guardarla negli occhi, ma dovette chiuderli.

Chinò la testa, arrossito dall'imbarazzo.

"Adesso sei mio, vero Andrew?"

Poteva sentire il suo corpo così vicino, mentre gli soffiava le parole nell'orecchio.

Lui annuì, non fidandosi della sua voce.

Allungò la mano per spazzolare la cera dai capezzoli, sfiorandone le punte con le dita.

La pelle d'oca si formò sulla sua pelle mentre lui tremava sotto il suo tocco.

All'improvviso, si voltò e tornò alla scatola.

È tornata con una specie di cinturino in pelle.

Andrew deglutì, ma rimase immobile, avvolgendosi spesse fasce di cuoio intorno alle cosce.

Lo fece inginocchiare di nuovo, centrato sul letto.

Quindi gli legò delle fasce intorno ai polsi e le legò all'esterno delle fasce per le cosce.

Di tanto in tanto, si fermava al suo lavoro per fissarlo avidamente.

Poi si mosse dietro di lui, aggiustandogli le fasce intorno alle caviglie.

Convincendolo in una posizione più ampia in ginocchio, ha attaccato alcune brevi catene di metallo dalle caviglie alle cosce su entrambi i lati.

Ora era immobilizzato.

Polsi e caviglie fissati alle cosce.

Tenuto muscolosamente stretto.

Ha combattuto il panico.

"Ho ancora quella parola se ne ho bisogno?" Chiese a denti stretti, la testa gettata all'indietro.

"Sì," disse Veronica, esaminando di nuovo la scatola.

Si fermò di nuovo di fronte a lui, gli oggetti in mano.

"Vuoi usare la tua parola adesso?"

"Uh, uh" disse, scuotendo la testa "no", spostando la collana contro il suo collo. "Ho solo bisogno di sapere che quella possibilità è ancora lì."

Il suo petto si alzava e si abbassava per lo sforzo di controllare il respiro.

Ma per qualche strana ragione, il suo cazzo era duro come una roccia e gocciolava liquido sul letto.

Afferrò di nuovo l'olio per bambini e se ne strofinò un po 'sul cazzo gonfio.

Si sentiva paradisiaco e spinse in avanti i fianchi per quanto gli consentivano le restrizioni.

Rapidamente, lo colpì con il palmo aperto.

Gemette e si spinse di nuovo in avanti, incapace di fermarsi.

"Silenzio." Ha ordinato, un piccolo ringhio nella sua voce.

Lui annuì, deglutendo contro il suo collo.

Lentamente, mise un anello di gomma nera sul suo cazzo pulsante.

Guardò con stupore mentre il suo cazzo cresceva ancora di più, le vene che sporgevano lungo il suo membro.

Brillava dall'olio.

"Porca miseria!" Gemette, desiderando di poterlo sopportare.

Ma lui era distratto da quel pensiero, mentre lei tornava alla scatola ... facendo leva su un pacchetto.

E adesso cosa?

In piedi di fronte a lui, teneva in mano un oggetto di gomma nera a forma di cono.

È un plug anale?

Li avevo già visti nei negozi porno prima ...

Un brivido lo percorse.

No ... oh diavolo no!

Ha iniziato a scuotere la testa.

"Andiamo Veronica ... Assolutamente no ... non è quello che penso che sia ... vero?"

Non riusciva a staccare gli occhi da esso.

"Lo è, Andrew ... è quello che pensi che sia ... ma non il più grande che ho. Puoi sopportarlo. Sei ancora vergine lì?"

Lo guardò.

Annuì alla sua domanda e poi si riscosse.

"Certo che lo sono! Non me lo puoi mettere sul sedere ... Dai, piccola, non dici sul serio! Davvero?"

Tirò le cinture.

Stava in silenzio di fronte a lui, le gambe incrociate sexy, il buco del culo coperto in una mano e il lubrificante nell'altra.

"Penso che tu possa gestire questo ... per me." Ha detto con calma.

Scosse di nuovo la testa, ma aveva smesso di combattere i suoi legami.

"Per me." Disse di nuovo, in tono rauco.

Lentamente i suoi occhi incontrarono i suoi.

"Mi baci di nuovo?" Chiese, la sua voce tremante.

Non poteva credere di essere d'accordo con questo.

Era tutto così folle.

Lei annuì, mantenendo il contatto visivo.

"Sì, ti bacerò sicuramente di nuovo, se lo fai per me."

"Va bene ... ma ti fermerai se ti fa troppo male?" Si sentiva disperato e spaventato.

Gettando il fallo del culo e il lubrificante sul letto, si arrampicò accanto a lui.

Chinandosi, gli sfiorò il collo con le labbra.

"Ho te bambino." Lei sussurrò.

Annuì, tremando ma calmandosi.

Le diceva le stesse parole, molti anni fa, quando stava imparando a cavalcare in sella alla sua bicicletta.

OK, lo ricordava anche lei, si ricordava quando le cose andavano bene.

Annuì di nuovo.

Veronica, inginocchiata sul letto dietro la schiena muscolosa e il culo, ammirava il panorama.

Amava il modo in cui appariva, legato in questa posizione ...

Amava il modo in cui continuava a sottomettersi ai suoi desideri più oscuri ...

Lascia che indossi la sua collana!

Un brivido la percorse e gli accarezzò la guancia del culo.

Si irrigidì, aspettando.

"Rilassati ..." mormorò, massaggiandosi l'ano.

Una volta fatto questo, strofinò un dito attraverso il suo buco stretto.

Un forte tremore lo attraversò mentre gemeva.

Ritirando la mano, afferrò il lubrificante, spalmandolo su un dito.

Ha distribuito una quantità di lubrificante intorno all'esterno del suo buco.

Un sussulto e lui abbassò la testa all'indietro, appoggiando il corpo contro i suoi polpacci.

Lo spazio era stretto, ma poteva ancora far scorrere la mano sotto di lui, lentamente un dito nel culo stretto.

"Ohhhh ..." Espirò con un gemito sommesso.

Non era esattamente il suono del disagio.

Un sorriso si diffuse sul viso di Veronica mentre faceva scorrere un secondo dito verso l'interno.

Un altro gemito ricompensò i suoi sforzi.

Usando un po 'le dita, lavorò per rilassarlo.

Ha sussultato e si è alzato i polpacci.

Sentì l'entrata stretta cedere un po '.

Sporgendo le dita, afferrò il tappo a forma di fallo, ungendone generosamente la lunghezza.

Non era enorme, ma sapeva che lui l'avrebbe sentito in quel modo su quel culo vergine.

"Siediti ancora un po '." Gli disse, la sua mano sulla natica del culo per guidarlo.

Seguì in silenzio le sue istruzioni, il petto che si sollevava.

Ora che aveva spazio per lavorare, mise l'estremità stretta a forma di cono contro il suo buco.

Un piccolo ringhio quando sentì la punta bagnata premere contro di lui.

Si è schiacciato.

"Rilassati", disse di nuovo, "e siediti dentro".

Facendo un respiro profondo, ci provò.

Rapidamente la spina scivolò a metà e con una spinta rapida e forte, la spinse oltre i suoi anelli interni.

La base rotonda e piatta si trovava comodamente tra le sue natiche.

"Oh mio Dio!!" Gemette ... "Merda! Allora tutto dentro!" Ansimava, cercando di calmarlo.

Sbattendo leggermente il culo, si alzò dal letto e andò alla scrivania.

Prese un paio di mollette e lei ne mise una su ogni capezzolo.

Gemette e tremò.

Tornata sul letto di fronte a lui, Veronica si passò le mani sulle spalle e lungo le braccia muscolose tese.

Strofina la pancia con le dita sulle gocce di cera.

Lui guardava, mentre lei lo ammirava, legato così.

Con la mano dietro la sua testa, tirandolo più vicino a lei, gli diede il bacio promesso.

Il bacio che si era guadagnato.

Inginocchiandosi tra le sue ginocchia tese, lasciò che il suo corpo premesse contro il suo.

La sua lingua esplorò la sua bocca con un desiderio così appassionato che lei pensò che potesse venire proprio lì.

L'anello intorno al suo cazzo ha fornito una pressione sufficiente per fermarlo.

Dio, aveva un sapore così buono!

Una corrente attraversò tutto il suo corpo mentre lo sentiva così acutamente ...

La sua lingua le riempiva la bocca, il suo culo riempito con il tappo, il suo cazzo gonfio contro l'anello, i suoi capezzoli che bruciavano e il suo corpo legato.

Era completamente uno schiavo per il suo piacere!

Ingoiando aria, si sentì come se potesse soffocare con tutte le sensazioni.

La sua erezione pulsante premette contro il suo corpo.

"Per favore, Veronica" supplicò ... non era sicuro di cosa stesse implorando. "Per favore!"

Lei annuì, baciandolo forte per un altro momento.

Poi si spostò di lato e lentamente iniziò a scuotere il suo cazzo oliato.

Sweep completi dalla base alla testa.

Agitando il corpo sotto la mano, grugnì e gemette.

All'inizio è stato incredibile e ha buttato indietro la testa.

Ma quando il suo ritmo aumentò, divenne travolgente.

"Più piano per favore!" Ha implorato ... era troppo in una volta.

Ha provato ad alzare una mano per fermarla, ma il braccialetto lo ha fermato.

Continuava ad aumentare il ritmo, un sorriso malvagio sulle labbra.

La sua mano scivolò lungo l'intera lunghezza del suo cazzo, colpendo la sua testa a fungo.

Era quasi doloroso, il suo cazzo così gonfio dal ring.

Grugnì.

La sua altra mano si protese per premerla contro un capezzolo vestito e gridò.

"Hmm, va bene, sentilo!" Gli sussurrò all'orecchio.

Premendo il suo corpo contro il suo fianco, lo colpì costantemente.

Nonostante l'imbarazzo del suo ritmo, sentì la pressione accumularsi nelle palle.

"Sto per ... sto per ..."

Il suo corpo si inarcò mentre cercava di liberarsi contro l'anello.

"Adesso verrai!" Gli ringhiò all'orecchio.

Testa gettata indietro, i fianchi che si muovono entro i confini della sua schiavitù, l'orgasmo lo colpì.

Luci brillanti pulsavano davanti ai suoi occhi.

I muscoli si contraevano forte e lo sperma caldo pulsava in un arco.

Il suo corpo ebbe le convulsioni e ondate di sperma bianco e denso furono espulse da lui.

Ha continuato a scuotere il suo cazzo fino a quando l'ultima goccia è stata espulsa dal suo cazzo affaticato.

Il suo corpo si sentiva svuotato come il suo cazzo.

L'euforia lo investì e si sentì come se stesse galleggiando.

Con le dita sul suo mento, gli sollevò la testa e gli diede un altro bacio sulla bocca.

Quindi iniziò a slegarlo lentamente, rimuovendo prima le mollette.

Allungando gli arti, Andrew si alzò finalmente dal letto, le gambe leggermente instabili.

La guardò in silenzio, mentre lei toglieva la biancheria da letto e la gettava in un angolo.

Il suo cazzo, senza l'anello, penzolava molle.

Pensava di poter dormire per giorni ...

Ma adesso si stava togliendo i vestiti, le sue curve bianche e nude morbide alla luce delle candele.

Oh Dio ... era passato così tanto tempo! Ed era così bella!

I capelli rossi che le cadevano sulle spalle ...

Riccioli rossi polverosi che coprono il suo tumulo.

Gli venne l'acquolina in bocca mentre il suo cazzo prendeva vita.

Tirò indietro la coperta e le lenzuola, sdraiata sul letto.

Allargando le gambe, si passò una mano sulla figa bagnata ... poi la chiamò con l'altra mano.

Si arrampicò sul letto, la faccia sepolta nella sua fica bagnata.

Ricordando il cedimento sul suo viso, usò la lingua per rivestire i suoi dolci succhi.

Cielo !! Questo era dove doveva essere!

Ogni esitazione era svanita.

Questo era qualcosa che sapeva quasi come un'abitudine ...

Come far ronzare il suo corpo, come gli piaceva farlo.

Le leccò la clitoride e le succhiò le labbra.

Gemette in risposta.

Tre anni non hanno potuto cancellare quella conoscenza.

Sollevò le mani per strofinarle i seni e i capezzoli.

Questa volta, tuttavia, era già a metà strada per venire quando ha iniziato.

La sua eccitazione era già profonda, alimentata dai suoi atti di sottomissione.

Con la bocca aperta, premette la lingua contro di lei, stupito dalle sue risposte.

Gemiti gutturali gli sfuggirono.

"Dannazione, sei bravo Andrew!" Ha detto, accarezzandole i capelli.

Le parole gli diedero una scossa di piacere, e leccò con più entusiasmo.

Quando le sue mani si abbassarono per afferrare i suoi capelli e il suo corpo si irrigidì, capì che lei si stava avvicinando all'arrivo.

Non si fermò al suo lavoro, la sua lingua premuta contro il suo clitoride gonfio.

E quando l'orgasmo esplose e lei rimase senza fiato, lui era pronto per l'eiaculazione che uscì dalla sua figa.

Non era mai successo prima!

Gli tenne la testa contro la sua mentre lui la beveva.

Wow, qualcosa di sicuro è andato bene con la notte!

Abbassò lo sguardo sul suo corpo agitato con stupore.

"Continua a leccare!" Lei grugnì e ebbe un altro spasmo, mentre lui si precipitava ad obbedire.

Un terzo e un quarto orgasmo la fecero tremare la schiena, ricompensando il suo sforzo.

Alla fine, si lasciò cadere contro il letto con un sospiro esausto, spingendolo a unirsi a lei.

Baciandogli il viso bagnato, gli premette il viso tra le mani.

"Sei tornato per sempre?" Lei chiese.

"Sono perdonato?" Le scrutò il viso.

"Sì, lo sei ... Ma fidati che dovrai guadagnare di nuovo."

Annuì in solenne comprensione alle sue parole, uno sguardo triste negli occhi.

Ma poi lei rotolò sul suo petto, spingendolo sul letto con il suo corpo.

"Ma c'è qualcos'altro, Andrew. Come puoi vedere, sono cambiato. Ho esigenze diverse ora ..."

Lo fissò, uno sguardo affamato negli occhi.

"Se l'avessi notato!" Disse, con una risatina, deglutendo a fatica.

Le sue natiche diventarono rosa, il suo cazzo sobbalzò contro la sua coscia.

"Allora, rimani per cose come questa ... come quello che abbiamo fatto stasera?" La domanda è arrivata con uno sguardo serio.

Seppellendo la testa nel suo collo, annuì con fervore contro di lei, troppo imbarazzato per incontrare il suo sguardo.

Il suo cazzo pulsava.

Con un profondo sospiro di sollievo, lo strinse forte contro di sé.

L'intensità del suo abbraccio parlò più di quanto le parole potessero dire.

Con un crescente senso di eccitazione, sapeva qualcosa ...

Sapeva che anche se ci sarebbero stati alti e bassi, sarebbe stato più facile in questo modo.

Molto meglio che combattere ...

Lascialo andare e lascia che sia uno schiavo per il tuo piacere.

# STRAORDINARIO
# ERIKA SANDERS

Entro nell'alto isolato e annuisco alla guardia di sicurezza mentre mi dirigo verso gli ascensori.

Chiamo l'ascensore e aspetto che arrivi.

Le porte si aprono, entro e premo il pulsante per il pavimento in cui voglio andare.

Le porte si chiudono, guardo il mio vestito e lo liscio con le mani.

Sento la parte superiore delle calze mentre faccio scivolare le mani sui fianchi e sulle cosce.

Ho un top in pizzo che tiene le calze, quindi non ci sono spalline per rovinare la linea del mio vestito.

L'ascensore si ferma senza problemi e io esco.

Sorrido educatamente alle persone che aspettano fuori dalla porta ed entrano nell'ascensore dietro di me.

Le porte si chiudono e ascolto l'ascensore che scende al piano terra, e poi tutto tace.

È tardi, quasi notte.

Anche se gli ultimi raggi di sole continuano a fluire attraverso le finestre, mentre cammino lungo il corridoio verso il tuo ufficio.

Non mi stai aspettando.

Non sai nemmeno che sono in città oggi.

Vengo alla tua porta e resto fermo a guardare dentro.

Eccoti sul tuo computer, digitando e concentrandoti sullo schermo, ignaro della mia presenza nella stanza.

Le tue mani esitano sui tasti, la testa si inclina da un lato e ti sento respirare profondamente attraverso il naso.

Quando inizi a girare la testa, faccio scivolare le mani sugli occhi.

"Indovina chi sono?" Respiro nel tuo orecchio.

"Sei davvero tu?" Sussurri sorpreso.

Prendo lo schienale della tua sedia e ti giro a guardarmi.

"Ciao caro". Ti sorrido stupito.

Ti alzi e mi prendi tra le tue braccia. Ti perdi nelle parole mentre mi tieni, posso sentire il tuo respiro trattenuto in gola e me ne vado a guardarti negli occhi.

"Non posso credere che tu sia ... in realtà sei qui."

"Ti ho detto che stavo arrivando." Ho risposto con un sorriso.

"Oh tesoro, è così bello vederti." Dici mentre mi seppellisci la faccia nel collo.

Le tue braccia si sentono così bene intorno a me e hai un odore divino.

Le tue labbra contro il mio collo mettono piccoli baci sulla mia bocca e quando le nostre labbra finalmente si incontrano per la prima volta, mi sento come se fossi a casa.

Ci conoscevamo da mesi chiacchierando online, incontrandoci, lo stesso sciocco senso dell'umorismo ...

Mi è piaciuta la sua intelligenza ...

Ora eravamo entrambi soli.

Non ho visto alcun motivo per non viaggiare nella tua città.

Ed eccoci qui, finalmente insieme.

Mi sentivo affogare nei tuoi baci, il calore scorreva attraverso il mio corpo.

Ti ho spinto indietro sulla sedia e ho allungato la mano per allentare la cravatta.

Lentamente, slaccio la cravatta e la lascio cadere sul pavimento.

Quindi, annullo i pulsanti sulla maglietta ...

"Non dovremmo andare in un posto più comodo?", Chiedi.

"Non posso aspettare così tanto." Rispondo senza fiato, mentre tiro fuori la maglietta dai pantaloni e sollevo il vestito in modo da poter cavalcare la sedia.

Le tue mani salgono sulle mie gambe coperte di calze, sentendo il contrasto tra la parte superiore in pizzo e la pelle liscia delle mie cosce.

Ti sento gemere piano mentre chiudo di nuovo la bocca alla tua.

Sento la tua durezza attraverso i pantaloni mentre mi muovo in grembo.

La tua mano allunga la mano verso la cerniera sul retro del mio vestito e posso sentirti tirare giù finché il mio vestito non cade dalle mie spalle e il mio seno si rivela.

Con un gemito, seppellisci il viso nella mia scollatura e mi succhi affamato i capezzoli.

Ora mi sto contorcendo sulle ginocchia, cerco la cintura dei pantaloni e la disfatto.

Senza fiato, mi alzo lasciando cadere il vestito sul pavimento.

Non indosso le mutandine, quindi tutto ciò che mi rimane sono le calze.

Ti tiro in piedi spingendo giù pantaloni e pantaloncini.

Ti siedi di nuovo e togli i vestiti di mezzo.

La tua erezione è alta e orgogliosa, e cado in ginocchio e lo adoro con le labbra e la lingua.

Le tue mani stringono le braccia della sedia, le nocche bianche.

Sento i tuoi lamenti di piacere quando ti risucchio nel calore della mia bocca.

"Alzarsi!" Ti ascolto e obbedisco al tuo ordine.

Mi attiri a te, mentre ti pieghi in avanti e seppellisci il viso nella mia figa.

La tua lingua spunta tra le mie labbra rasate, leccandomi il clitoride e facendomi impazzire di desiderio.

Presto gemerò di piacere, una mano dietro la testa, spingendoti più vicino a me.

Non posso più aspettare e ti spingo indietro per le spalle e verso il basso la mia lucida figa bagnata sul tuo cazzo.

Abbassandomi lentamente su di te, il tuo cazzo mi riempie sempre più in profondità.

Un lamento sfugge alle mie labbra, quando ti sento profondamente dentro di me.

La tua faccia, ancora una volta tra i miei seni, quando inizio a muovermi lentamente su e giù.

Ti senti fantastico dentro di me, ma le braccia della tua sedia rendono difficile il movimento.

Puoi vedere il mio disagio e così mi fermi delicatamente e suggerisci di cambiare posizione.

Mi fai alzare e la mia frustrazione è ovvia, ho bisogno di te adesso!

Mi giri e mi pieghi sulla scrivania.

Poi sento che stai arrivando da dietro.

"Oh sì ... lo adoro così ..."

Il tuo cazzo duro mi riempie ancora una volta, e inizio a gemere forte.

Ti sento dare dei calci alla porta per chiuderla.

"Non troppo forte tesoro ... Nel caso qualcuno senta ..."

"Cercherò ..."

Gemo mentre mi mordo la mano, cercando di contenere i miei suoni di passione.

All'inizio lentamente mi spingi dentro e fuori di me, ma non ci vuole molto prima che inizi a muoverti più velocemente.

"Oh, per favore ... più forte ... cazzo ... io ... più duro ..."

Le tue mani mi afferrano per i fianchi e inizi a spingere il tuo cazzo nella mia figa bagnata.

I suoni dei nostri corpi che si colpiscono l'un l'altro possono essere ascoltati insieme ai miei gemiti ovattati.

Più forte e più veloce ti immergi in me.

Sento un altro orgasmo avvicinarsi, il mio corpo teso in previsione.

Quando mi colpisci, ti sento rilasciare il respiro mentre mi sbavi dentro, le pareti della mia figa si contraggono intorno al tuo cazzo e io gemo di piacere.

Quando il nostro respiro inizia a tornare alla normalità, mi siedo e mi rivolgo a te per un altro lungo, lungo bacio.

"Oh tesoro, è stato fantastico ..." Mi dici tra un bacio e l'altro.

"Sei stato anche fantastico." Sorrido e mordo delicatamente il labbro. "Ora sto morendo di fame, mi porterai a cena o cosa?"

# FANTASIA:
# BDSM E TRIO
# ERIKA SANDERS

# CAPITOLO 1

Indossando nient'altro che una pelliccia, Susy entrò nella stanza.

Fred è legato al letto con le gambe aperte.

L'emozione nei suoi occhi corrispondeva alla dura erezione che stava mostrando.

Questa era la sua fantasia.

Per il loro anniversario, avevano deciso di regalarsi la fantasia sessuale scelta.

Fred aveva sempre voluto provare la schiavitù ed era stato abbastanza coraggioso da suggerirlo.

Con sua sorpresa, non rideva, amava l'idea ed era felice di trovare una varietà di articoli tra cui scegliere.

I polsi di Fred erano legati alla testiera con corde di seta.

Mentre la guardava camminare lentamente verso di lui, non poté fare a meno di stringere i pugni e tirare le sue restrizioni.

La giacca era sbottonata sul davanti e mentre camminava vedeva il seno, l'ombelico e i suoi peli pubici.

Sembrava che ci volesse un'eternità per arrivare alla fine del letto.

Arrampicandosi sul letto enorme, ella si arrampicò su di lui.

La pelliccia le sfiorò sensualmente la pelle.

Lei catturò la sua bocca con la sua, sfregando il suo corpo contro di lui.

Adorava il fatto che lei avesse il pieno controllo, ma non si era reso conto di quanto volesse toccarla.

La sua bocca calda era sulla sua erezione, succhiandolo e leccandolo, gemette e i suoi fianchi si sollevarono dal letto desiderosi di più.

"Oh ... Susy ... ora puoi sciogliermi, lascia che ti tocchi."

"Oh no ... ti leghi."

Gli sorrise, prendendogli a coppa le palle e facendo scivolare le dita dietro di loro per massaggiare la pelle sensibile lì.

"Hmm caro ... va bene, ma voglio anche darti piacere."

"Oh, lo farai."

Susy si tolse la pelliccia dalle spalle e la lasciò cadere a terra.

E con un sorriso malvagio tornò a letto.

Si inginocchiò sul cuscino, un ginocchio su entrambi i lati della testa di Fred, e abbassò la figa sulla bocca in attesa.

Fred leccò avidamente, mentre si sporgeva in avanti e prese di nuovo la sua durezza in bocca.

È stato difficile per lei concentrarsi su quello che stava facendo perché la sua lingua la stava facendo impazzire.

Dolci sensazioni attraversarono il suo corpo, fino a quando lei cominciò a tremare e poi gridò mentre il suo orgasmo rabbrividiva agli arti.

Si allontanò da lui e scivolò giù per il suo corpo, impalandosi sulla sua virilità rigida e in attesa.

Sentì Fred sussultare e contorcersi sotto di lei mentre l'umidità calda lo avvolgeva.

Cominciò a sollevarsi e cadere lentamente, scorrendo su e giù per tutta la sua lunghezza.

Adorava sentirlo dentro di sé, riempirla e allungarla al limite.

Si appiattì più forte contro di lui, sentì ricominciare la tensione nel suo corpo e cominciò a cavalcarlo sul serio.

Ogni volta più forte ha colpito contro di lui.

Sapeva che era vicino, ma non poteva arrivarci da sola così velocemente.

Le fece scivolare la mano sul corpo e cominciò a provare piacere.

Giocando con il clitoride con il dito, raggiungendo l'orgasmo un momento dopo che Fred le ha eiaculato dentro.

Si sdraiò accanto a Fred e sbottonò le corde di seta.

Si strofinò i polsi e poi la prese tra le braccia.

"È stato incredibile," disse mentre la teneva stretta contro se stesso. "Ma ho notato che avevi bisogno di aiutarti a raggiungere di nuovo l'orgasmo, non c'è niente che posso fare per farti tornare mentre sono dentro di te?"

"Sai", Susy iniziò esitante, "C'è qualcosa che mi sono sempre chiesto."

"Dillo." Fred disse: "Lasciami realizzare la tua fantasia".

"Mi sono sempre chiesto come sarebbe se qualcuno lo mangiasse mentre sei dentro di me ..." Susy esitò, sperando che Fred si rifiutasse.

Ci pensò attentamente per un momento.

Sono stato sorpreso dalla tua richiesta.

Avrebbe dovuto essere qualcuno di cui potersi fidare, pensò.

"Puoi darmi un po 'di tempo?" Le chiese mentre la guardava negli occhi. "Dovrai fidarti di me per trovare qualcuno adatto, qualcuno discreto."

"Sì, naturalmente." Fu sorpresa che lui fosse d'accordo con i suoi desideri.

Fred ha capito bene.

"Okay Susy, hai realizzato la mia fantasia, ora realizzerò la tua".

# CAPITOLO 2

Circa una settimana dopo, Susy tornò a casa e scoprì che Steven era in visita.

"Ciao Steven, cosa ti porta qui?" Susy lo abbracciò calorosamente; era sempre stata vicina a Steven.

"Ehi, piccola, stava succedendo e ho pensato di vedere come stavi andando."

Hanno preparato del tè per tutti e tre.

Arrostirono marshmallow sul fuoco e Fred insistette per preparare panini con burro di arachidi e marmellata.

La notte è stata divertente e hanno consumato un paio di bottiglie di vino.

Alla fine Susy disse che era pronta per andare a letto e quando disse buonanotte, non notò lo sguardo che passava tra Fred e Steven.

Si spogliò e scivolò tra le lenzuola.

Fred la raggiunse, la prese tra le braccia e cominciò ad accarezzarle il corpo.

La sua testa girava con alcol e desiderio, e presto si baciarono appassionatamente, Fred le accarezzò il seno e si succhiò i capezzoli.

Susy si aggrappò alle sue spalle invitandolo a continuare.

Le sue dita scavarono nelle sue pieghe, diffondendo la loro umidità e sondando all'interno.

Poteva sentirsi correre, avvicinandosi al suo climax, e poi Fred se ne andò.

"No ... Fred, non fermarti ... per favore ..."

Fred la fermò su di lui e la fece cadere sulla sua erezione.

Susy ansimò quando la riempì del suo cazzo.

Nella sua frustrazione, cominciò a strofinarsi contro di lui.

Voleva venire così male che ha iniziato a lasciar cadere una mano, ma Fred le prese la mano e la tenne.

Abbassò l'altra mano e anche lui l'afferrò.

"Fred no, non sai cosa mi sta facendo ..." implorò.

Fred era determinato a mantenere il controllo per tutto il tempo necessario.

Susy lo premeva, era così vicina ma aveva bisogno di qualcosa di più per spingerla al limite.

Nella sua frustrazione, Susy non sentì la porta della camera da letto aprirsi e Steven entrò silenziosamente nella stanza.

Non era pienamente consapevole di lui fino a quando non sentì le mani dietro la sua coppa seni.

Era così scioccata che si bloccò e si girò per trovare Steven nuda dietro di lei.

"Steven!" Lei ansimò quando le sue grandi mani le strinsero delicatamente il seno.

"Sono qui per aiutarti a realizzare la tua fantasia, piccola." Le sussurrò all'orecchio.

La sua voce emise brividi lungo la schiena.

Ero entusiasta dell'idea ma anche nervoso.

Non ho mai fatto nulla di simile prima.

"Okay, Susy, divertiti e basta." Sollecitato Fred.

Quando i due uomini la incoraggiarono a sdraiarsi, Steven si prese il seno tra le mani e cominciò a leccarle e mordicchiarle.

La sorpresa dell'arrivo di Steven aveva attutito per un attimo la sua eccitazione.

Ma ora stava creando un nuovo fuoco dentro di lei.

Fred era ancora sepolto nel profondo di lei, mentre Steven le leccava il corpo.

Si immerse nell'ombelico prima di affondare più in profondità.

Susy stava scivolando lentamente verso il membro di Fred, e quando la lingua di Steven raggiunse il clitoride pensò che sarebbe morta per piacere.

Fred ha dato un inizio. "Oh!" quando sentì la lingua di Steven alla base del suo membro.

È stato completamente inaspettato e incredibilmente eccitante.

Steven ha continuato a leccare Susy, mantenendo un ritmo perfetto con la loro relazione sessuale.

Susy era pazza di desiderio; non aveva mai provato niente del genere prima d'ora.

Le sensazioni erano così intense.

La lingua esperta di Steven era sul suo clitoride e Fred era caldo e duro dentro di lei.

Le due sensazioni combinate furono esplosive.

All'improvviso Fred si spinse verso di lei e Susy urlava per il suo orgasmo.

"Troppo sensibile ..." mormorò Susy mentre allontanava la testa di Steven.

Quindi ha portato Fred al suo culmine.

Susy collassò su Fred ansimando e sudando nel calore della passione.

Susy guardò timidamente Steven e si rese conto della sua palpitante eccitazione.

Sussurrò nell'orecchio di Fred e lui annuì.

"Lascia che ti aiuti con quello." Disse Susy prima di prenderlo in bocca.

Fred ha visto sua moglie succhiare il cazzo di Steven per tutta la sua lunghezza.

Lo attirò profondamente, prendendo tutto ciò che poteva.

Poi iniziò un ritmo, due veloci e poco profondi e uno profondo e lento, le passò le unghie lungo le cosce e le sentì tese.

Presto le entrò in bocca mentre lei deglutiva il più velocemente possibile.

Fred ha trovato incredibilmente eccitante vederlo, è diventato di nuovo duro in pochissimo tempo.

Quindi immediatamente ho voluto farlo di nuovo.

Rotolandosi sulla schiena e spingendo il suo cazzo dentro Susy mentre Steven lasciava la stanza.

# FINE

65